안면도 홍송

홍경희 시집

안면도 홍송

홍경희 시집

예술의숲
Forest of Art

화가가 풍경을 화폭에 담듯

아름다운 경치를 보면
카메라맨은 사진과 영상에 담고,
화가는 풍경을 화폭에 담고,
글 쓰는 사람은 느낌을
시어(詩語)로서 우리 마음을 젖어들게 한다.

생활 속의 경험이나 느낌과 생각들을
일기 쓰듯이 날마다 써서
한 권의 시집으로 묶어 낸다.

2024년 11월 15일

◈ 차 례 ◈

2부. 먹어야 먹은 것

3부. 이팝 꽃

4부. 아내여

5부. 감사하는 삶

1부.

어머니 내 어머니

물안개

비 오는 날 용왕님
떡시루 찌는가
온천욕 하느라 장작불 때시는가
비 내려 서늘한 날
물 위 안개
용왕님 눈 피해
몰래 피는 담배 연기인가
모락모락 피어오르네

용왕녀 나들이 가는데
들킬까 두려워 물안개 피우며
님 만나러 가는 걸까

소리 없이 피어오르네
누에 명주실 자아내듯
거미 몸에 거미줄 나오듯 자연스럽구나

나도 속세 버리고
물안개처럼 피어 오를까나

청룡사 요사채

대나무 숲 그늘 사찰 주변
푸르게 둘러 있고
밤색 기와 운치 있게
용마루 능선 멋스럽네

추녀 머리 치켜 올려
거실 창문 맑고 밝게
햇빛 조율 비치는 바깥 경치
안이 밖이요 밖이 안일세

청룡이 내리듯 화강암 옆 날개
우청룡 이루고
온화한 황토색 화벽돌
벽체 이루었네

방부목 바깥 마루 한가로운 쉼터요
추녀 밑 화강암 기초 튼튼
우아해 보이네

보도 불럭 마당 경계
가지런히 깔리고
장독대 보행 통로 보도길 옆
아담한 화단 앙증스런 화초
보는 마음 아기자기 재미있어라

온 집안 식구 귀염 받는 우아미 견공
영특하게 눈치 빨라
신통하니 귀염 받네

자동차 보고 소리 듣고
반겨주는 우아미
우량하고 아름답게 미워라

죽순 채취 갈치 객과 말다툼
한가로운 청룡사 산 중에
마음 써지는 정중동이로고

김 보살님

대범하신 풍채에 상대 마음 관찰하듯
천기의 눈빛 태산이 무너져도
여산대호 엄습해도
태연한 만고부동의 자세요

폭 넓은 도량에 호탕한 호령은
산악이 울리고
인자하신 마음은 해동춘풍이요
꽃바람 순풍이시네

덕망 높은 전 현생 좌견천리요
입견만리이시네
현세의 생불이요
생이지지 통찰력과
팔십 평생 생활 수법 백과사전이시네

우주 법계 통찰력도
사바세계 인연 줄은 외면할 수 없음인가

하해와 같은 깊은 심중에
고기떼가 어지럽구나

김 보살님 아닌
금은보화 보살님이시어라

나뭇짐

해가 뜨니 날 밝아 아침이로세
풀잎 이슬서리 햇살에 녹고
지게 멜빵 어깨에 걸고 사립문 나선다
언덕 오르니 나비가 날개 펴고 동행하네
지게 목발 두드리며 산 오른다
쓸모 있는 나무 제쳐놓고
땔감나무 깎아 모아
한 전 두 전 여섯 전에 한 짐 되어
지게 작대기 짚어가며 산 내려와
잔디밭 언덕에 지게 받쳐 세우고
젖은 땀 식히며 노래 한곡 읊는다
사립문 열고 마당 한 모퉁이
모서리 비껴 세우고
동치미 국물, 무청 우거지
고구마 맛 일미이로세

청우회 고스톱

청청한 청우회 푸르른 벗들이여
춘하추동 사계절 한 달 한 번씩
꽃 피고 잎 피고 단풍서리 눈 와도
변함없이 끊임없이 빠짐없이
친목과 우애로써 서로 돕는 친목회
달마다 가가호호 방문하여 주안을 나누면서
화투놀이 고스톱 재미있구나
고도리요, 홍단이요, 청단이라
한판 한 번씩 화투판 경사나면
고리돈 늘어나면 술값 늘어
술값 늘어나면 니나노 놀이판
이래저래 청우회 흥겨운 모임
딴 사람은 따서 좋아 허허
잃은 사람은 술값 모여서 허허
난방 업계 친목회 훈훈한 모임
하루 피로 잊고 밤 가는 줄 모르네
화투치는 솜씨 일품이로세
뱃장으로 용기 있게 잘도 친다
우리 모두 변함없이 생 다하도록 애사 경사
희로애락 함께 하며 푸르른 청우회 영원하라

마음 도량

성현군자 요조숙녀
천생연분 잉꼬부부
인연 맺어 함께 해도
지닌 성품 서로 달라

마음 도량 폭 넓으면
마음 지향 다르지만
서로 이해 너그럽게

사람 마음 그러니라
경우 처지 양보로써
원만하게 어우러져
마음 호흡 맞춰가네

졸부 인격 고비 만나
넘어서지 못하고서
파산 지경 헤어지니
서로 원망 푸념하네

중신

싱거운 소리 잘하는 이
중신하지 못한다네
밥을 잘 짓는지
잠꼬대 하고 이를 가는지
아기를 잘 낳을지
데리고 살아보지 못해
중신하지 못한다네

마음의 고향

집터 절터 찾아 골골이 헤매어도
눈에 들고 마음에 차는 곳 그리 없어라
산천초목 벗 삼아 자연과 함께 하면
그 가운데 복됨 있으리

거봉리 미원 용화 청천 냇물 합수되어
강물 흐르고, 앞산 용두봉 높이 솟았네
비산비야 넓은 자리 휴양지 조용한 곳
정원수 빨간 열매 입안 달콤하구나

잔디밭 정원 팔각정 높은 루
솔바람 스쳐가고 차 맛 향기롭네
피서객 강물 낚시 고기 낚아
얼큰 안주 주흥 돋구어지네
산업도로 강물 숨어 흐르고
흐르던 강물 휘돌아 머물러
거봉리 거부 터전이네

이상한 만남

허리 꼬부라진 바깥 노인네 꾀죄죄한
모자 쓰고 지팡이 의지하여
타닥타닥 세월 흘리며 걸어간다
다른 한 노인네 후줄그레한 몸뻬 바지 입고
비녀 낀 머리 헝클어진 채
한쪽 다리 휘적휘적 걸어오다 마주쳤다
젊은이들이라면 외면할 일인데
신물단물 다 빠진 빈껍데기 가릴 것도 없다는 듯
서슴없이 '어디 살우' 묻는다
바깥노인 지팡이 휘저어 코끝과 턱 치켜들어
가르치며 고개를 끄덕이는 걸 보니
저쪽 어디쯤 사는 모양
다른 한 노인네는 허수아비처럼 손짓하는 것 보니
이쪽 어느 모퉁이 사는 듯하다
서로가 소재지 확인한 듯 미소 짓는
두 노인장 만남
창가 드리운 노을처럼 아름답다

어머니 내 어머니

어머니 누워계신 산소
봄이면 새싹 움트는데
어머니 숨결 느낄 수 없어라
해마다 돌아오는 계절 순환 속
대자연 순리 따라 언제나 푸르건만
어머니 모습 엊그제처럼 생생하고
세월 깊어만 가노라
불초자식 장성하여 일가 이루고
사위 손자 다 보았어도
어머니한테는 언제나 어린 자식
아버지 되고 할아버지 되었어도
인자하시던 어머니 모습 그리워라

풍류촌

사립문 문패 풍류촌
눈길 발길 이끌리어 문 열고 들어서니
옛 정취 가득하고 청사초롱 불 밝힌 방
홍송(紅松) 주안상 향기롭구나
뚝배기 쌀 지게미 두둥실 떠 있는
동동주 표주박으로 가득 퍼서 백자 술잔
한 모금 마시는 맛 꿀맛
벽난로에 적송불 붉은 향기로 그윽한데
청포 두부 지지미 맛 마실 간 님 부르는구나

화전놀이

만고청산 첩첩 산중 진달래 만발하였다
봄처녀 수줍은 연분홍 치마
가는 허리 살짝 여민 치마꼬리
스카프 날리며 나물 캐는 처녀
산천경계 없이 피어난 꽃동산
벌 나비 꽃 따라 꽃에 취해 화전놀이 정신없다
아서라 벌 나비야 깊은 산중 가지마라
아차 잘못 길 잃어 행여 이산가족 되면
화전놀이 후회 할라

객지(客地)

산 넘고 물 건너 다리 건너니
지척이 천리라 타향이로다
가려진 산자락 노을 지면
태양아래 하루요, 달 아래 이틀
해와 달 서산 자주 넘으면
집에 갈 날 가까워지리
님 볼 날 다가오겠지

쿵쿵하다 가는 인생

앙상한 뼈마디 마디가 이어진
한 형상 핏줄로 이어지고
근육 둘러싸여 돌고 순환되는
한 생명체, 그 속에 영이 깃들어
이러쿵저러쿵 하며 살다가
육체만 버리고 영(靈)만
어디론가 떠나가네

소리

소리는 생명
세상은 소리로 가득하고
세상 만물 이루어진다
다양한 종류의 소리
하나 물체를 완성하는 과정이요 결과
날아가는 비행기 소리, 달리는 기차 소리
우렁찬 기계 소리, 학교의 글 읽는 소리
가정 도란도란 정겨운 대화 소리
소리는 곧 철학
세상의 소리는 모든 존재를 잉태하고
아름다움 완성하는 결심의 소리

비결

비결 찾아 삼천리 피난처 찾아
인생 만리 은둔 생활 일평생
피난처 찾아 살겠노라고 심산유곡 찾아든다
들이든 산이든 마음 바로 곱게 먹고
올바르게 살아가면 햇빛 비춰주고
구름 가려주며 자연과 천지신명
어여삐 여겨 자연히 보호해주리

꾀꼬리

우거진 숲속 황금빛 꾀꼬리
목소리만큼 아름다워라
꾀꼬리야 나와 벗하여
너는 계절 노래 지저귀고
나는 술잔 들며 시 한수 그려가며
흥에 젖어 보자꾸나

무상

오늘 고생이다 원망 마오
내일 멀다 성화 마오
날 새고 나면 오늘 오네
새벽녘 길다 해도
먼동 트면 날 새네
언제 되나 언제 가나
지루하다 생각 마오
개벽이다 새 세상
예언과 비결에 기대와 망상 마소
마음 먹기 따라서
내 안 선경 지옥 있더이다

객지 일

쩍쩍쩍 깍깍깍 숲속이 밝아온다
산간 초옥에 앵앵대는 모기
모락모락 모닥불 피워 모기 몰아내고
뒤뜰 산골짝 졸졸 흐르는 계곡 물소리
자장가 삼아 곤한 몸 나른히 녹여본다
집 떠나면 객지요, 타향이로다
보일 듯 가까운 거리, 지척 천리일세
며칠 새 뜰 화초 얼마나 자랐고
멍울졌던 꽃잎 몇 송이나 피었을까
너른 집 외딴 곳 홀로 두고
팔자에 없는 독수공방 새로웁구려
옷 빨아 줄에 널고 밥 지어 먹는다
공해 없는 진흙 황토산수에 풀어
산 풀 짚 나물 함께 비벼서
뼈대 얽은 나무 틈새 황토 바른다
쉴 참 땀 씻고 숨 고르며 자시오, 드시오
술 한 잔 목젖 고개 술술 잘 넘어간다

쌍용골

기나긴 쌍용골 바위 옷 덮인
석암동굴 굽이쳐 흐르고
깊은 물, 고기 놀아 수중 경치
아름다워라 폭포 씻긴 암반
옥처럼 희고 고산유수 맑은 바람
곱게 물든 단풍 경치
행인의 마음 쉬어가게 하는 구나

쌍용골을 따라 낙화유수 청정한데
아담하게 높여진 층암 위 날아갈 듯
자리한 정자 단풍잎 소슬 풍
하늘 개이고 족대로 고기 낚는
총각 휘파람 소리 물결 휘말려 퍼지고
스카프 날리며 빨래하는 처녀
치맛자락 나폴 나폴 총각마음 설레게 하네

긴 쌍용골 지나 구불구불 황령 고개 넘어
골짝마다 문전옥답 동서남북 사방 둘러싸여
아늑한 마을 밭둑마다 과수 심어

농가 소득 증가 되어 살기 좋고 풍성한 농촌
산천명기 어리어 운하에 감로네

* 쌍용골 : 경북 화북에 위치한 곳.

상환암

청산의 아름다운 계곡
속리산 명기 여기 머물었네
소백산맥 높이 솟은 천왕봉
준령 아래 웅장한 능선 아담하게
자리한 절경
층암절벽 노송 푸르고 멋스런 자태로
산중 주인이네
학소대 묘한 풍채 굴곡진 골짜기
단풍과 소나무 우거져 오색찬란한 색채
구름 그늘 물들어가네
상환암 푸른 계곡 음폭동 물소리
산중 자연 리듬소리
장선봉 멍석바위 자리한 노승 설법
장작 패는 부목*의 도끼소리 산사 울리네

* 부목 : 절에서 나무하고 불 때는 사람.

2부.

먹어야 먹은 것

추풍

하늘 고운 꽃구름 노을 흘러가고
구름장 그늘 단풍잎 한결 곱게 물든다
각색 꽃구름 아름다운 그림 그리고
계곡 곱게 물들어 간다
가을바람 성난 듯 불어대고
잔잔한 호수 물결 풍랑 일으킨다
바람 타고 단풍잎 가을 엽서 날린다
꽃과 잎 이별하는 아쉬운 사모곡
숲은 소리 내어 울어댄다
날 저문 산야 까마귀 떼 까악까악
모이 먹은 닭 홰에 오르고
한 집 두 집 저녁연기 피어오른다

청량산

산 준령 머물러 맺힌 곳 병풍바위
둘러쳐져 푸른 솔 그 풍채 숨긴 채
위풍당당 절경일세, 봉화천 푸른 물
래프팅 즐기는 뱃노래 흥겹고
힘차게 노 젓는 소리 물고기도
꼬리치며 입 벌려 노래한다
굴참나무 골 깊게 두터운 굴피 옷
푸른 채 산 정상 그늘 지운다
탁필봉 붓을 들어 연적봉
먹 찍어서 청량산 절경
일필휘지로 그려본다
하늘재 출렁다리 현기증 일며 짜릿하다
확 트인 산 바람결 산새 소리 따라
창공 날 듯한 기분이다
장인봉 높은 정상 구름결
흩어져 있고 정상
소변 줄기 사해로 흘러가네

* 청량산 : 경북 봉화군 870m

육거리시장

추우나 더우나 활기 넘치는 시장
몸 활짝 펴고 신명나게 움직이는
육거리시장 사람들
언제나 생동감 가득한 곳
찬바람 부는 이른 새벽
추위 잊은 채 분주한 움직임이다
보는 사람 움츠렸던 몸도 펴지고
실의에 빠진 우울한 기분 말끔하게 가셔지며
새로운 희망과 용기 샘솟는다
여러 사람 이용하기 편리하게
각양각색 만물상
한 삶의 생활터전 펼쳐져간다
골목마다 먹음직스런 먹을거리와
생활 필요한 물품 보면 호기심에 사게 된다
크고 작은 노점상 인정과 단골
뒷골목까지 손길들이 오고 간다
추위에 붉으스레 언 듯한 손등
칼국수 보리밥 따뜻한 김 얼굴 씌며
추위 잊고 먹는 모습 보는 마음 훈훈하다
나도 막걸리 한 잔한 것처럼 푸근한 마음

생신날에

애써 길러주신 부모님 은공
슬하에서 마음 편히 모시는 것
효도 못하나마 위로인데
멀리 떠나와 부모님께 걱정 끼쳐
죄송하기 그지없네
색다른 음식 장만 하시면 더 못 먹여 하시는 부모님
생신날 못가 뵈어 죄송스럽네
맛난 음식 못 먹여 서운해 하실 생신날
잡수시는 밥 한술 얼마나 걸리실까
그래도 이놈 그 공 모르고 집 있을 때
인정스런 말씀 고분고분 순종 않고
철없이 말대답 해 온 것 뒤늦게 뉘우치네
고령이신 연세 얼마나 사시겠나
우리 데리고 사시느라 싫은 소리, 잔소리
알뜰살뜰 애써 오신 부모님 생각하면
마음 아픈 뒤늦은 후회
지금부터라도 잘해야지 다짐해 보네

* 1968년 음 9월 15일 할머님 생신날 영등포길 객지에서

이름이 형님

몇 년 연하 손윗동서
늦게 결혼한 처지 손윗동서 행세한다
내 먼저 시집와 애 먼저 낳고
시집 가풍 선배인데 뒤늦게 시집와
남편 촌수 따라 손위 형님 행세한다
힘든 일 핑계 대고 피하고
챙길 것은 먼저 챙기는 철면피한 얄미운 행동
여러 형제에게 눈총 받는다
여자 촌수 뒤웅박 촌수 연령 고하 관계없이
남편 촌수 따라 가는 불평등한 촌수
이것 여자의 처지인가
부르기 어려운 맏동서 형님 소리
그저 이름 형님이려니 하며
마음 한편 접고 시댁 가풍 따른다

까투리병원

카톨릭병원을 찾아 가다가
영어 이름을 기억하기 어려워서
병원 이름을 깜박 잊었네
옆 친구에게
병원 이름 뭐라고 했더라 물으니
꿩 병원이라고 했나?
지나가던 사람에게
아저씨 꿩병원이란 게 어디래요?
물었더니 꿩병원이란 게 어디 있소? 되묻네
그럼 암꿩을 뭐라고 하지요? 다시 묻자
까투리지요 뭐, 시큰둥 대답한다
맞아요 이제 생각났어요
카톨릭병원이요

* MBC 늘 푸른 인생을 보고

옛정이 그립다

보리 내음과 밤꽃 향기 짙게 풍기고
풀매미 소리 은은히 스며드는 마을
소 마구간 똥오줌 건초 섞인 재 뿌려
곡식 심어 연명하였네
흙담집 오막살이 온 가족 도란도란
자연과 더불어 살던 곳
구수한 지지미 부쳐 막걸리 잔
풍성한 정 담 너머로 넘쳤었네
벼이삭에 그렁그렁 이슬 맺혀가는
달 밝은 들판 길 그녀와 거닐며
미래를 속삭이던 꿈같은 고향이었네
봇도랑 보리쌀 씻고 세수할 적에
산천어 떼 손끝 닿을 듯 몰려들고
둥지 치는 종다리와 벗 삼아 살았었네
푸성귀 봄나물 보리개떡
미숫가루 나눠 먹던 옛정
지금도 변치 않고 가슴 깊은 곳
간직하고 있다네

조강지처

귀밑머리 요조숙녀, 떡거머리 순한 총각
천생연분 둘이 만나 백년가약 맺어 살다
신혼 재미 지나며는 참깨 들깨 고소한 맛
다 떨어져 빈 것 되면 한 눈 파는 남정네들
호랑나비 날갯짓에 홀랑 발랑 속아
꿀샘단지 다 빨리고 빈 쭉정이 되면
나 몰라라 박대당해 오도 갈대
그지없는 빈털터리 하수아비
몸뚱이 병들어 사대육신 못 쓸 때
염치없이 찾는 곳 조강지처뿐이라네
너그러운 본처 아내 보기 싫고 밉더라도
빈껍데기 고주박 포근스런 치마폭
감싸 안아 받아주네

낙방거사

벼슬자리 탐이 나서 가까스로 출마
운이 좋게 당선 되어 몇 년 임기 마치고
한 번 맛본 벼슬자리 그만두기 아쉬워
욕심내어 다시 출마 경우에 따라 경쟁자
일가친척 동기동창 학연지연 인척관계
서로 경쟁하게 되네, 좋던 사이 적이 되고
상대 비방 음해 모략, 물고 뜯고 원수 되네
그나마도 당선 되면 오죽이나 좋을까만
낙방거사 되고 나면 좋던 사이 멀어지고
있던 재산 다 날리어 빚더미 앉게 되네
아우를 수 없는 처지 창피해서
얼굴 들고 다닐 수 없네
돌이킬 수 있다면 애당초 그만둘 걸
엎질러진 물 되고 깨진 항아리
어쩔거나 후회해도 돌이킬 수 없는 일
꿈이었으면 좋으련만 현실인 걸 어이하리

까치골

높고 깊은 골 좌우능선 아늑히 감싸였네
울창한 나무숲 눈길 부드럽고
숲 향기 숨결 가슴 상쾌하다
철 따라 잎 나고 꽃피는 자연 얼굴
숲속 찬미하는 새들의 지저귐
귓전에 스며 머릿속 맑아진다
계곡물 층층계단 흘러 내려 웅덩이
낙엽 배 떠가네, 전원 아담한 집들
산 경치 어우러져 산속 궁전
자연 채색 수채화 화방 저택 섬세한 산중 목조
자연과 어우러져 학 날아가는 듯
숲속 요지경
연못 고기떼 유희 놀이 낙숫물 흘러들어
고기들 목욕 수중 항아리
숨어들어 잠자는 용왕 궁전
모기 유충 물고기 먹이 되니
자연 정화 청정 연못
이웃집 맛난 음식 정겨운 술잔 나눔
수려한 산천 경치 천하태평
화목한 낙원의 터전

먹어야 먹은 것

아버지와 아들 메밀 심고
이제 묵을 먹은 것이나 다름없다 하니
아들은 먹어야 먹은 것이지요 한다

수확해 묵 쑤어 놓고
이제 먹은 것이나 다름없다 하니
먹어야 먹은 것이지요 한다

화가 난 아버지 상을 엎어 버리니
아버지 그 봐유 먹어야 먹은 것이지유

임꺽정

　임 걱정, 님 걱정, 나라 걱정, 서민 걱정, 굶주리는 선
량한 민생 위해 의로운 활인 정신(精神) 나라 위한 구
국 충정의 뜻 있는 이들, 입에서 입으로 방방곡곡 스며
들어 옳은 뜻 의인(義人)들의 의지(義志)에 투사들 굴
비 꾸러미처럼 마음 엮어 헐벗는 서민 위해 항거 하였
네 어지러운 국정난시, 위정자들 난무하고 충신은 초야
에서 나라 위한 우국충전 사연 사연의 야기가 임꺽정
소설(小說)로 우리 마음에 감동의 꽃피어 오르네

정

사립문 성근 삽짝 허리춤 돌담장
어깨너머 눈 맞춤 정겨운 이웃사촌
호박잎 된장찌개 구수한 맛
열린 문 열린 마음 옛이야기 오순도순
동네 인심 서로 집안처럼
촌수 없는 형제
법이 필요 없는 평화마을
하늘 섬기는 순수한 토속 신앙
지성이면 감천으로
맑고 밝은 순진한 마음
하늘의 순리대로 살아온 옛 조상
그 뜻 이어 받는 복된 후손

안면도 홍송

머리 묶어 쪽진 듯
다북한 솔잎
몽울몽울 뭉친 솔잎 머리
전봇대처럼 긴- 홍송 다리
휴양림 숲 이루었다

겹겹이 솔가지 나래 펼쳐
층층이 층계 이루었다
길게 늘어트린 솔가지
고전 무용 춤사위

등산길 엿들은

애 봐 달래서 왔지
오고 싶어서 왔냐
세대차이 살림살이 전반
고부 갈등을 자아낸다
물색 옷과 속옷, 수건
분리 세탁해야 하는데
한 통에 혼합 세탁
엄마네 수건은 흰데
우리는 그렇지 않단다

천생연분

마음 서로 짝짜꿍
잠시라도 안 보면 보고 싶은
일심동체 천생연분 행복한 삶이요
즐거운 인생살이
마음 색깔 일색이고
화음 일치 합창 인생

거사의 눈물

초년 시절 갖은 고초
인생역경 걸어왔네
생사 넘나드는 굴곡의 세월
인생여로 해안 언덕
불법佛法 학문 귀의 하여
과거사 회고 여백의 장
거사로의 불법도량
반성과 참회 회고의 생원生院
우연 아닌 필연 과거 인연
알 수 없는 친근감
어리설기 어떠한 인연이었나
살가운 친근감 어리는 만남의 날에
폭풍도 사나워라 용호의 만남인가?

잎 가리개

그늘이 시원한 것은
뜨거운 햇볕 가려줘서
그런 것이다

햇볕 가리느라 나뭇잎은
얼마나 뜨거울까?
우뚝우뚝 솟은
긴 양산 덕분

임자가 따로

노란꽃 피고 나면
새파란 씨앗 열매
날이 가면 빨간 구슬
방울 소리 들리는 듯
도란도란 방울토마토
일하고 와 보면
나 바쁘다고
새들도 수확을 거들어
내 손길은 물주는 것

구슬 사탕처럼
장맛비 물방울 일 듯
다복하게 달렸다

익은 것 어찌 알고
제 것인 인양 쪼아 먹는다
나는 심고 물 주어 키우고
먹는 것은 새가 임자

본연

인간 본색
그냥 보면 몰라
실타래 풀리듯
이모저모 상대해 보면
그 본연 드러난다

물길 따라 색깔대로
유유상종 모임 따로

본색

얼굴에 미운 글자 고운 글자
쓰여 있지 않고
고운 이 예쁜이 따로 없다

말 한마디 행동 하나에
흑백이 나타난다
어쩔거나 자기 본생
타고난 성격
그것이 자기인 것을

환선동굴

우주 속에 지구의 신비
땅속에 또한 세상이 있네
깊은 땅굴 속에
자연이 흐르는 폭포가
큰 냇물 이루고 천둥치듯 우람한 모습
만고의 역사 속에 형성해 온
동굴 속 신비의 석순
형용할 수 없는 신비의 그 자태
지구 속 또 하나의 지하 세계이다

3부.

이팝 꽃

출근길

아침 출근 길 빵빵댄다
바쁘다고 비키란다 빵빵
나도 바빠 못 비킨단다 빵빵
바빠서 아침도 못 먹고 간다고 빵빵
나는 청소 당번이라
차창 성에도 닦지 못하고 가는 길
급한데 웬 전화
통화 하느라 비상 정차
사람이 급하니 차들도 바쁘다

기러기

소슬바람 옷깃 여미게 하는
서늘한 하늘 가
달빛에 그림자 비치며
글자 수놓아 어깨 나란히 하고
기럭기럭 창공에 날며 메아리치는데
별빛은 총총 빛나고
기러기 그림자 산 고개를 넘어간다

한잔 술

한잔 술에 목축이고
두잔 술에 기분 좋고
세잔 술에 배부르며
넉 잔 술에 취기 돋다
너도 한잔 나도 한잔
안주 좋아 한잔
기분 좋아 한잔

한잔, 한잔에 이름 붙여서
명분 있는 한잔 속에
주흥 돋워진다
한잔, 한잔 명심해서
살이 되고 피가 되는
알맞은 한잔으로 주법 문화 풍습
올바로 세워 애주가의 이미지를
밝고 건강하게 세워
우리 건강 지켜 가야한다

산골 논

산골 논, 다랑지 논다랭이
층층 계단 경사진 고래실 논
도랭이 답, 삿갓 다랭이
온통 논두렁 치레
골방만큼 작은 다랭이
돌 틈 빼면 솥뚜껑 다랭이에도
모 몇 포기 꽂아두면
쌀알이 알차게 영글고
논두렁 심은 콩은
두부와 된장 콩이다

방랑객

지팡막대 삿갓 쓰고
짚신 켤레 꿰어 차고
오솔길 소슬 바람
걸음걸음 산새 소리
두둥실 흰 구름
마음도 가벼워
낭만적인 모습 한가롭다
가는 곳이 내 길이요
머무는 자리 내 처소이다

따로 놀게

함께 하지 못하겠네
어울리지 않으련다
어쩌면 그러한가
기본도 갖추지 못함이여
거칠고 험난한 정체
가면 쓴 인간들
진정 나는 몰할레라
오탁(汚濁)의 속세 외면하고
나 홀로 독야청정 하리라

낙영산

낙영산 우거진 깊은 숲
천년 고찰 공림사
세월에 씻긴 암반
계곡 수 맑은 물 폭포
청정수 웅덩이 알탕
살갗에 좁쌀 소름
한 뼘 고추 자라목
망태기 오싹 탁구공

삼베 학

삼복더위 삼베 적삼
학 나래 날아갈 듯
단정한 숙녀 걸음
깔끔한 모습
땀방울도 아니 날 듯
보는 눈도 시원해라

알리바이

친구와 놀다 늦어
할머니 집에 와 밥 먹고
전화해 데려 가라니
확실한 알리바이

그냥 두면

순한 양도 건드리면
사나운 맹수
법집 그냥 두면
근면한 일벌

열리면

마음이 닫히면
바늘귀 보다 좁고
마음이 열리면
우주와 한마음

이팝 꽃

꽃송이 뭉실뭉실
주먹덩이 밥 뭉치
바람에 일렁일렁
활짝 피어 한 덩이
밥 한 그릇 꽃피었네

변상

내가 한 일 하자(瑕疵) 있어
다른 사람과 부품 교체 했다
상가 세입자 푼돈 부담
그 말 듣고 밤잠 설쳤다

10만원 전하고 나니
마음 가볍고 머리 맑다

파도·2

치마폭 겹치듯 광목 한필
바람에 떠밀려 저 멀리에서
경주하듯 주름 물결 행렬
높고 낮은 파도 산이 밀려온다

알몸처럼

태어날 때 알몸처럼
순진하게 살지 말고
의복 걸치듯
위장된 삶의 오류를
교육과 종교 성자로 가다듬어
살아가는 인생 교육장

매미

맑은 소리 리듬 노래
어찌하여 운다 하는가
땅속 칠년 성충되어
한 달 사는 생을
안타까워 우는 건가?
곡식 해치지 않으니
욕심 없이 이슬과 수액으로 연명하는
청렴

사계절

경칩에 얼음 녹아 봄이 오고
매미소리에 기온 오르며 더운 여름
귀뚜라미 날갯짓 서늘한 바람 가을
서릿발 하얀 성애 겨울 묻어온다

머릿결

긴 머릿결
넘실넘실 윤기로 빛나고
반팔 뽀얀 팔과 손
앞뒤 공간으로 노를 저어
뽀얀 다리 발걸음
치마 가위 뻠 열림 폭
걸음 박자 맞게
열리고 닫히고

휴가

수평선 너른 바다 백사장
출렁이는 파도 따라
갈매기 피서 행렬 줄지어 날고
섬마을 뜬구름 한가로워
인어 피서객 쌍쌍이 즐거워라

야외에 즐비하고 풍성한 피서
노을도 붉게 꽃구름 물들이고
서산 넘는 황혼이 붉게 탄다

아침 해 뜨는 광명 찬란히 빛나고
단잠 개운한 기분
새아침을 연다

유머는 리듬

쉽게 사는 방법 두고
돌아서 사는 현실
유머는 생활의 리듬
미소 어린 유머 속에
상생으로 살아가면
좋은 세상인데
재미있는 세상 외면하고
고생하는 어리석은 이들이여
여름 더위에 노폐물 빼고
정신 차리시게나

4부.

아내여

대야산

웅장한 바위 능선
층암 사이 뿌리 내려
이슬 머금고 울창한 숲
높고 긴 계곡
층층이 폭포 이루고
물소리 멜로디
구름결에 흘러간다

안목

느린 자는 여유로운 생각에 잠겨 있고
급한 성격은 순간 처리 빠르지만
긴 안목을 못 본다

부모 돼봐야

무례하고 불량하게 살던 사람
자식 낳아 길러보면
부모 마음 알게 되며
철들어서 사람이 된다

대인관계

노동의 힘겨움 쉬면 풀리지만
가시 돋친 말 비수되어 찌른다
인성 색깔 그러하니 바뀌기는 어려워서
대인관계 경계되어 멀어진다

사노라니 사회생활 혼자일 수 없어
대인관계 상부상조 보다
아전인수 서로 미는 자석
너는 너대로 나는 나대로
찬물에 기름 돌 듯
몸은 한 곳에 있어도
마음은 따로 따로

꽃말

가는 말 꽃 입술
오는 말 꽃바구니

어색했던 사이
꽃밭 단장
꽃나비 날은다

자연

눈보라 찬바람에도
내년 봄 꽃피울 준비
꽃망울 신비롭다

자연에 순응하는 초목
순환질서 가운데
게으른 인생살이
아이 부끄러워라

묵언

맑고 밝게 활짝 핀 모습
곱게 피어나는 꽃
소리 없는 웃음
표정으로 말을 한다

생각의 채집 활동 없이
곱디고운 엷은 색상

영국사 수호목

천년 은행나무
가지 마디마다
연륜 깃든 묵은 관절
구름 따라 굽이쳐
용트림 친 멋스런 춤
늘어진 옆가지 뿌리 내려
연리지로 우뚝 섰다

차이

같은 자리 주차인데
평일에는 딱지 끊고
공휴일은 괜찮은 건
불합리한
처
사

산다는 것

생체 리듬 순환으로 호흡하며 살아가는
우리네 인생, 혼자 사는 것 같아도
은연중 생활 속 서로의
도움으로 살아가는 삶

혼자이면 부족한 아쉬움
함께 하면 편리함도 있고
합리적이지 못한 충돌 점 삭히며
화합의 평정심이 화평의 비결

낙엽

무성하게 푸르던 잎
꽃과 열매 키워주고
황혼의 단풍잎 되어
수고한 발밑을 덮어 준다

열기

구름도 햇볕에 밀려 맑은 하늘
뜨거운 열기 퍼 나르는
따르르 말매미 소리
땅에서 열기 오르고
위에서 내리 쬐니
체온으로 밀려든다

움직이기 불편하리만큼
더운 날씨 찬물 샤워로
열기 식혀본다

구름 그림

높고 넓은 파란 하늘
두둥실 뭉게구름
점점이 산봉우리
나무와 꽃 그림
여러 그림 전시회

양심 봉투

쓰레기 잘못 버리면
양심의 가시에 질리고
종량제 봉투에 버리면
떳떳한 양심

도독 뱃장

남 줄 돈 안주고 버티는 이
그 얼마나 강심장
두터운 뱃장
많은 돈 떼인 나

줄 돈이 그만하면
나는 못산다
집이라도 팔아서 정리하고
사글세 살아도
마음 편하겠다

연습 비

가랑비
봄비 연습 비

소나기
여름비 숙달된

사나운 인심

또 속았네, 얼마나 당해야 하나
인사하고 만나보면
겉으로는 천사 같은 사람
겪어보면 사나운 맹수요, 흡혈귀

인정사정없고 몰인정한 인심
다시는 속지 말자
타고난 천성 바탕이 그러하니
어찌할거나 사람 상대 안하는
생활 속 낙원의 희망이여

차량 소나기

6차선 달리는 차량 행렬

넓고 긴 도로를 휩쓸어 간다
야광 불빛
불꽃 도로
소리 터널 이루어 달린다

몰인정

자기네 일인데,
계약서 쓴 것도 아닌데
예산한 것보다 추가 되는 일이
현실로 보이는 일인데
한사코 책임지란다

부자가 죽을 때 가져가지 몰할 돈
인색하게 자기네 일
잘 되도록 해주는 고마움은 아랑곳 않고
기진맥진 녹초 되어 일하는 이
속 아프게 하면 들던 복도 등 돌리고
있던 복도 날아간다
몰인정한 자여

단양 길

산봉우리 골골마다
양지바른 산언덕
도란도란 아기자기
아담한 주택
고전적 풍경
앙증스런 예술적 면모가
한 폭의 동양화다

꽃눈 잎

눈보라 찬바람
온몸 휘감는 차가움
매화 꽃망울
엷은 눈 뜨다
놀란 눈꺼풀
눈 잎에 덮인다

아내여 · 1

그대는 애교 적은 경상도 여인네
삐진 줄 알았더니 아니었네
나의 아내여, 변덕 없는 여여함이여
묵묵히 지켜 온 가정의 동반자
단념하듯이 인정머리 없이 보이네
여인네답지 않게 멋없고
양념 없는 음식 맛처럼
짜지도 싱겁지도 않은 덤덤함이
몸에는 좋다더이다
속 깊은 두터운 정은
듬직하다 못해 여장부이네
때로는 서운하고 괘심하고 미워도 졌네
무언의 대화로 줄다리기 냉전기에
기분도 뱃속도 불편 불안이 냉전으로 흘렀네
구들장 같고 누룽지 숭늉 맛에 누그러진다
아는 건지 모르는 건지 있는지 없는지
옆 사람 서운하리만큼 집중의 시선이네
끼니때를 아는지 모르는지
한평생 함께 살고 보니 진실을 알겠네
무덤덤함이 웬만한 가정을 이루어 가네

훈민정음

태극의 우주 정기 받는 대한민국 국기
태극기는 우리의 얼굴이다

세종대왕께서 창시하신 훈민정음
우리 한글, 대한민국 글자 우리의 말이다
세계에서 으뜸 글자
'일만 일천 일흔두'가지 음을 낼 수 있다는 학자의 말에
자부심과 긍지를 갖게 된다

대한민국 국민으로 태어난 것을
자랑스럽게 생각하며 마음과 생각을
그대로 표현할 수 있는 한글이 자랑스러운
행복감에 오늘도 글을 쓰고 있으며
내일도 써 갈 것이다

본인이신가요?

주민센터 신입 직원
사망신고 하러 온 민원인에게
철저한 실명 확인 정신으로
본인이신가요?

묻고

민원인은
본인이 와야 하나요?

5부.

감사하는 마음

둥근달

맑고 밝은 둥근달
하늘 중천 높이 떴다

계수나무 정자 아련히
어리어 있다

기쁨에 보는 마음 더 기쁘고
울적할 때 보는 마음 향수 어린다

달은 여여(如如) 한데
마음 따라 다르다

보인다면

마음이 보인다면 넓고 좁고
따뜻하고 싸늘하고
둥글고 모나고 여러 모양일 게고

생각이 보인다면
화살보다 빠르고
윤기 나게 반짝이며
슬기롭게 보일 것이고
운둔하게 어둡고
일러줘도 모르는
저능도 있을 것이다

선유동

푸른 산골짜기 물소리 가득
소리에 빨려 들어 하나 되니
더위 잊고 나도 잊어
신선 만난 듯하고
풍우에 씻겨 진 암반
희고 청결하여라

계곡마다 피서객 물놀이 즐거운데
새소리 물소리 자연의 소리
피서객 목청 높여 멜로디 실어
이산 저산 메아리 합창하고
면경처럼 맑은 물속
산천어 부드러운 꼬리
선인(仙人)의 붓놀림처럼
유연하여라

꽃

너는 언제나 환한 웃음
수줍은 듯 빙그레 몽울 웃음 짓다가
어느새 활짝 웃음으로
속마음 드러내고 우리를 맞는다
좋고 싫음 가리지 않고
더러운 장소 피하지 아니하고 유쾌한 마음으로
기분 나쁘다 찡그림 없고 미운 사람 봐도
범죄인을 봐도 외면하지 않고
웃음으로 맞아준다
꽃은 사랑과 평화의 상징
꽃 마음 네 마음 닮고 싶어라
나도 너처럼
내 마음 꽃피워 보련다

사회

혼자 사는 삶이 아닌
여럿이 사는 사회이기에
예의와 규칙 질서가 필요하다
좋은 사람 안 그런 사람
더불어 사는 사회 여럿이 살기에
알게 모르게 서로 돕고 살며
주고받고 편리하게 사는거다

궁금 정답

보기 전 알기 전 모르니 궁금한 거지
알고 나면 그저 그런 것
정답이 없다면 더 궁금하지만
정답을 알고 보면
아! 그런거구나

재래시장

육거리 길 어귀 노인네 좌판 깔고 인도 양쪽에 자리해 지나가는 길이다. 온갖 농산물 없는 것 없이 즐비하다. 추운 날씨에도 전대 치마 앞에 차고 파는 대로 주머니가 부풀어 간다. 노점에서 국밥 한 그릇 뚝배기에 오르는 김은 얼굴을 녹여가며 뱃속이 훈훈하니 얼굴도 불그레하니 혈기 어리는 저자거리 모습 활기가 어린다. 민물, 해물 고기들 물통에 잠겨 꼬리치며 논다. 생선과 건어물이 대조적으로 이색적이다. 사시사철 온갖 과일이 추위도 잊은 채 함께 하고 있다. 해물과 육류 분식의 변모한 여러 가지 먹을거리들이 눈요기와 냄새가 구미를 당기게 한다.

약전골목 탕약 냄새가 향기롭다. 담아주고 집어주고 덤으로 더 주는 인정 어린 정통의 재래시장 인정도 전통으로 구수한 향토 어린 토속적인 옛정이다.

교통사고

자전거로 시내 볼일 보러가는 길에
갑자기 승용차가 들이받아 넘어지며 앞바퀴 휘어졌다

가해 운전자 병원가자 하는 걸
병원가면 돈 많이 든다고
자전거나 고치고 파스 사와서 붙이고 왔네
나도 운전하는 처지에 어느 때 어떨지 아남요?

마음은 차력사

마음 곳간 가슴 깊이 고이고이 간직한 것
이것이 제일이고 이곳이 좋다고 다짐한 것
지나고 보니 달리 보여 가슴에서 집어내고
마음에서 지워보니 일시에 정리되네
힘으로도 기계로도 옮기고 정리하기 어려운 것을
마음 한 번 달리하니 쉽게도 달라지네
마음에 힘은 거대한 기운을 내포하고 있다

희망 잃고 좌절 했다가도
용기내면 새로운 힘 얻어
제 삶의 힘이 샘솟는다
마음은 모든 면의 기둥이며
보이지 않는 기氣의 소유자
마음은 차력사이다

몰인정 인간

없는 살림 알뜰살뜰 힘 모아 이룬 가정
애들 낳고 다복하게 살아오던 살림
가을걷이 양식 챙긴 다람쥐 마누라 내쫓듯
추운 날 난방을 안 해서 냉방생활 하는데
저 혼자 살겠다고 열풍기 혼자 꽂고
처자식은 추위에 웅크려 떨며 오금을 펴지 못하는
생활고生活苦에 처자식은 내 쫓고
혼자 꼬부리고 초라하게 살아간다

아내 덕에 화목하게 지내던 이웃도 외면 하니
외톨이 된 홀아비 인간 이하 삶을 산다
처자식은 인생 삭월 셋방살이 힘겨워도
따뜻한 방 따뜻한 물에 활개를 펴고
마음 편히 사는 해방된 삶이 다행스레 여겨진다
진작 못나온 게 후회된단다
맨손으로 파출부 생활로 연명해도
마음 편해 밝은 얼굴 행복해 보인다
애들도 안색이 밝아 보인다

고마운 세상

지금까지 살아오며 무사히 지나온 점
주변사람 덕분이고
불행하게 잘 못된 점
내 자신이 잘 못해서
생긴 일이라 생각하니
원망할 일 하나 없고
사회에 고맙고
주변 사람들에게 감사하며
부족한 내 자신
더 배워야겠다는
마음뿐이네

마음

마음 한번 먹은 기운 가슴에 흔적 남고
뇌신경에 그 기운 남아
구분대로 활기 되고 병도 된다
입으로 먹는 음식 신체에 보양되고
마음으로 먹는 의식 몸 혈기 영향을 준다

꽃눈

차디찬 눈바람 맞아가며
햇빛 받아 실눈 살며시
봄볕인가 착각하고
꽃눈 엷게 뜨다가
꽃샘바람에 꽃잎 다쳐
뜨던 눈 감아
꽃씨 눈 다칠세라
꽃잎 오므려 보호하네

감사하는 삶

내 집에서 편히 내대로 산다고
남의 덕 입지 않음 아니다
생활에 필요한 도구 맹근사람 덕분이요
내 혼자 모든 것 이룰 수 없다
이 한 몸 편리하게 사는 삶이
수많은 사람들의 노력과 손길
덕 입으며 사는 삶이
눈에 보이지 않는 모든 이에게
감사하며 살아야 하리라

이생과 내생來生

지금 이 자리 이생이요
내 이제 죽으면
전생의 내생來生이였고
내생의 전생前生되며
지은대로 살다가
인연 길 따라
어디론가 떠나오리

마음 샘

슬픔이 마음 밭 덮을 때
보슬비 낙엽 촉촉이 적시듯
조용히 마음 샘 눈물
측은히 흘러내린다

울화 치밀 때 전신 떨며
단숨에 상대 제압할 듯 날뛰며
분노의 메마른 눈물 번쩍인다

무의식중에 저지른 과오
내가 지은 잘못이기에
책임감 있게 뉘우치며
참회 눈물로 마음 씻는다

메아리

섧다 섧다 지나온 날
돌이켜 보니 아쉽고
한숨어린 한탄가 메아리쳐 온다
모든 것 뒤로하고 나 여기
이 자리에 와 있다
나는 한 자리 있었거늘
지난날이 내 곁을
스쳐갔을 뿐이다

기러기 날개깃에

버렸다 잊었다 삶에 쓰레기
애지중지 마음 조이며
아끼던 애물단지도
가슴에 못 박고 떠나는 배신자
저산 넘는 기러기 날개깃에
네 이름 끄리달아
띄워 버리련다

해와 달뜨고 지고
물도 흘러 강물 여행
생각과 마음에 머문 사연
서슬 풍에 한숨 토吐 해
날려버리려네

실천불법

인연으로 속세의 삶
연(然)에 의해 자식 가족 이루었네
명분뿐인 남편은 떠도는 구름이요
스쳐가는 바람이라
팔도유람 풍운아이네
경제적 도움은 고사하고
있는 재물 불사(佛事)에 기부하고
불사 건립으로 빚진 돈은 처자식 없는 살림에
보탬주기 고사하고, 빚더미 떠맡기니
삿된 물욕 넘은 경지, 인정 경지를
또한 넘음이네, 가난과 곤경 중에도
궁핍 경지 넘은 폭 넓은 도량의 보살핌
인(仁)과 정(情)으로 대범함이
풍채만큼이나 덕망과 선심의 결실에 후예
현실로 나타나고 속된 경지
초월한 불법(佛法)의 생활화가
실천의 불법이네
속세의 생활 속 보살님이시네

안면도 홍송

초판1쇄 인쇄 2024년 11월 20일
초판1쇄 발행 2024년 11월 25일

지은이   홍경희
만든이   박찬순
만든곳   예술의숲
        등록 2002. 4. 25.(제25100-2007-37호)
        주   소·충청북도 청주시 상당구 교서로2
        전   화·070-8838-2475
        휴 대 폰·010-5467-4774
        이 메 일·cjpoem@hanmail.net

ⓒ 홍경희, 2024. Printed in Cheongju, Korea
ISBN 978-89-6807-218-5 03810

■ 이 책은 충청북도, 충북문화재단의 후원을 받아
  예술창작활동지원사업의 일환으로 발간되었음